The Little Weed Flower
La florecita de la maleza

Written by/Escrito por Vicky Whipple   Illustrated by/Ilustrado por Pamela Barcita

The Little Weed Flower
La florecita de la maleza

All rights reserved. For information about permission to reproduce selections from this book, write to: Permissions, Raven Tree Press, a Division of Delta Systems Co., Inc., 1400 Miller Parkway, McHenry, IL 60050. www.raventreepress.com

Whipple, Vicky.

   The Little Weed Flower / written by Vicky Whipple; illustrated by Pamela Barcita; translated by Cambridge BrickHouse = La florecita de la maleza / escrito por Vicky Whipple; ilustrado por Pamela Barcita; traducción al español de Cambridge BrickHouse —1st ed. —McHenry, IL, Raven Tree Press, 2009.

   p. ; cm.

   SUMMARY: The Little Weed Flower is growing in a weed patch, but secretly longs to be in the beautiful garden tended by the loving gardener. With the help of a new friend her wish comes true.

Bilingual Edition
ISBN 978-1-936299-32-4 hardcover
ISBN 978-1-936299-33-1 paperback

English Edition
ISBN 978-1-936299-34-8 hardcover

   Audience: pre-K to 3rd grade
   Title available in English-only or bilingual English-Spanish editions

1. Social Issues / Self-Esteem & Self-Reliance—Juvenile fiction. 2. Nature & the Natural World / General—Juvenile fiction. 3. Bilingual books—English and Spanish. 4. [Spanish language materials—books.]
I. Illust. Barcita, Pamela. II. Title. III. Title: La florecita de la maleza

LCCN: 2010922818

Printed in Taiwan
10 9 8 7 6 5 4 3 2 1

First Edition

Free activities for this book are available at www.raventreepress.com

Raven Tree Press
A Division of Delta Systems Co., Inc.
www.raventreepress.com

PRINTED WITH
SOY INK

This book is dedicated to everyone who dares to dream and those who nurture the dreamers along the way – Vicky

To all those weed flowers and wall flowers that find inner strength with a little help from friends – Pamela

Rooted in a corner of a weed patch lived a tiny little weed flower. She would gaze at a beautiful garden nearby and listen to the flowers. She could hear the snapdragon bragging about her gorgeous bright red buds, the daisy boasting about her glistening white petals, and the rose proudly discussing her luscious red blooms. The little weed flower longed to be in the garden with them.

Vivía una vez una florecita en un rincón de un campo de maleza. Ella solía observar un bello jardín cercano. Podía escuchar a las flores. Escuchaba a la boca de dragón presumir de sus flores rojas y brillantes, a la margarita alardear de sus pétalos blancos y radiantes y a la rosa hablar sobre sus robustos brotes rojos con mucho orgullo. La florecita de la maleza añoraba estar en el jardín con ellas.

Each day, a gentle gardener tended his precious garden. He thought that every day and every flower was beautiful and unique. As the little weed flower watched the gardener water the flowers, she noticed them perk up. She wished that the gardener would take her to the beautiful garden and care for her, too.

6

Todos los días, un jardinero cuidaba su querido jardín. Para el jardinero, cada día y cada flor eran bellos y únicos. Mientras la florecita de la maleza observaba al jardinero regar sus flores, notaba como se animaban. Ella deseaba que el jardinero la llevara al bello jardín y que la cuidara también.

7

The thistle, the dandelion and the crabgrass teased her daily.
They asked, "Are you too good for us?"
"No," she replied. "I just don't know where I belong."
Each day the gardener talked to the flowers. Their beautiful colors brought him joy.

Todos los días, los cardos, los dientes de león y la digitaria se burlaban de ella. Le preguntaban:

—¿Es que eres demasiado buena para nosotros?

—No, no es eso —contestaba ella—. Es que no sé con quién debo estar.

El jardinero les hablaba a las flores todos los días. Sus bellos colores lo llenaban de alegría.

When the gardener walked by the weed patch, the little weed flower fluffed her petals, hoping that the gardener would notice her. Unfortunately, he did not.

The weeds watched the little weed flower and snarled at her, "We're happy right here. You should be, too." Sadly, she was not.

Cuando el jardinero pasaba por el campo de maleza, la florecita sacudía sus pétalos con la esperanza de que este se fijara en ella. Desafortunadamente, nunca lo hizo. Las demás malezas observaban a la florecita y le gruñían: —Somos felices aquí. Tú también deberías ser feliz. Lamentablemente, ella no era feliz.

One day, the gardener walked along the path. He noticed an unusual bird among the flock. This bird was different from the rest. It flew down into the weed patch and began scratching at the ground.

Un día, el jardinero
caminaba por el sendero.
Notó un pájaro raro entre la bandada.
Este pájaro no era como los demás.
El pájaro se posó en el campo de
maleza y empezó a arañar el suelo.

13

The bird saw the little weed flower. "Why are you not in the garden?" he asked.

The little weed flower replied, "I am hoping that the gardener will take me to the garden."

"It looks as though you need a little help along the way," said the bird.

El pájaro vio a la florecita de la maleza. —¿Por qué no estás en el jardín? —le preguntó.

La florecita de la maleza contestó:

—Estoy esperando que el jardinero me lleve a su jardín.

—Creo que vas a necesitar una pequeña ayuda —dijo el pájaro.

Suddenly the bird flopped on the ground. It squawked and flapped its wings. The bird's body pointed like an arrow, straight at the little weed flower.

De repente, el pájaro se tiró al piso. Graznaba y agitaba sus alas. El cuerpo del pájaro apuntaba como una flecha hacia la florecita de la maleza.

The gardener noticed the little weed flower as the bird flew away. He walked into the weed patch and scooped her up, roots and all. "Your petals are pale, but you dug your roots in deep to find water. You belong with all of the other flowers. You are charming in my eyes, little weed flower." "Charming? He thinks I'm charming!" she shouted. This filled her to the roots with happiness.

El jardinero se fijó en la florecita de la maleza cuando el pájaro se fue. Entró al campo de maleza y la sacó con raíz y todo.

—Tus pétalos son pálidos, pero echaste raíces muy profundas para encontrar el agua. Debes estar con las demás flores. Para mí eres encantadora, mi florecita de la maleza.

—¿Encantadora? ¡Él piensa que soy encantadora! —gritó ella. Esto la llenó de felicidad hasta sus raíces.

The gardener found a perfect spot for her in the garden. He dug a deep hole and watered her until she shined. The other flowers were not happy to see her. "You are not worthy of being in our garden. You came from the weed patch!" they shouted. She was sad, but she remembered what the gardener had told her. She was charming.

El jardinero encontró el lugar perfecto para ella en el jardín. Cavó un hoyo profundo y la regó hasta que la vio reluciente. Las demás flores no estaban nada contentas de verla. —No mereces estar en nuestro jardín. ¡Vienes del campo de maleza! —gritaron. Ella se puso triste, pero recordó lo que el jardinero le había dicho. Ella era encantadora.

Every time the gardener came, the little weed flower fluffed her petals, spread her leaves and smiled. When the gardener left, she talked about how wonderful he was. The flowers laughed at her.

"We are beautiful without the gardener and always will be," they replied.

"The gardener cares for us all," the little weed flower whispered.

Cada vez que llegaba el jardinero, la florecita de la maleza sacudía sus pétalos, abría sus hojas y sonreía. Cuando el jardinero se iba, ella hablaba de lo maravilloso que era. Las flores se reían de ella.

—Somos bellas con jardinero o sin él, y siempre lo seremos —decían las flores.

—El jardinero cuida de todas nosotras —susurraba la florecita de la maleza.

Then, for a few days, the gardener was unable to water the flowers. The flowers whined that they were wilting under the hot sun, but the little weed flower did not complain, not once. She told the flowers not to give up hope and to dig their roots deep into the soil to find water. She told them that the gardener would be back. The flowers followed her suggestion.

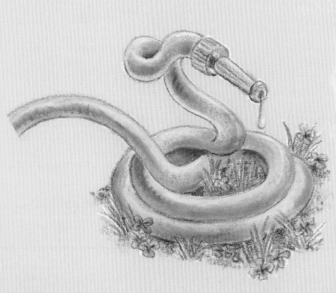

El jardinero no pudo regar las flores durante varios días. Las flores se quejaban de que se marchitaban bajo el sol ardiente, pero la florecita de la maleza no se quejó ni una sola vez. Ella les decía a las flores que no perdieran la esperanza y que metieran sus raíces más profundamente en la tierra para encontrar el agua. Ella les decía que el jardinero regresaría. Entonces las flores siguieron su consejo.

Soon the gardener returned. "My love is strong for all of you in my garden. I knew you would not give up hope," he said.

The other flowers finally understood that without the gardener's love they could not have true beauty.

El jardinero regresó poco tiempo después: —Las quiero mucho a todas en mi jardín. Sabía que no perderían la esperanza —les dijo.

Las demás flores por fin entendieron que sin el amor del jardinero, ellas no tendrían la verdadera belleza.

The gardener made a home
for the new feathered
friend in the garden.

El jardinero hizo una casita
para el nuevo amigo
emplumado en su jardín.

Many say that, with hope in her heart, help along the way from a friend, and the love of the gardener, the little weed flower became the most charming flower in the garden.

Muchos dicen que con la esperanza en su corazón, la ayuda de un amigo y el amor del jardinero, la florecita de la maleza llegó a ser la flor más encantadora de todo el jardín.

Vocabulary   Vocabulario

Vocabulary	Vocabulario
little flower	florecita
weed	la(s) maleza(s)
beautiful	bello(s) / bella(s)
garden	el jardín
flowers	la(s) flor(es)
red	rojo(s) / roja(s)
white	blanco(s) / blanca(s)
day	el (los) día(s)
gardener	el jardinero
colors	el (los) color(es)
joy	la alegría
path	el sendero
bird	el pájaro
ground	el suelo
happiness	la felicidad
home	la casita
heart	el corazón